COLEÇÃO SLAM

MEIMEI BASTOS (DF)
TAWANE TEODORO (SP)
MONIQUE MARTINS (SP)
LILIAN ARAÚJO (PE)
MARIANA FELIX (SP)
KIMANI (SP)
LAURA CONCEIÇÃO (MG)
MIDRIA (SP)
MEL DUARTE (SP)
PACHA ANA (MT)

EMPODERAMENTO
FEMININO

COORDENAÇÃO: EMERSON ALCALDE

Organização: Emerson Alcalde

Projeto gráfico, capa e diagramação: YAN Comunicação

Revisão: Cristina Assunção

Coordenação editorial: FALA

Ano: 2019

Dados Internacionais de Catalogação na Publicação (CIP)
(eDOC BRASIL, Belo Horizonte/MG)

E55   Empoderamento feminino / Meimei Bastos... [et al.]. – São Paulo (SP): Autonomia Literária, 2019.
124 p. : 10 x 15 cm – (SLAM; v. 2)

ISBN 978-85-69536-48-2

1. Literatura brasileira – Poesia. I. Série.

CDD B869.1

Elaborado por Maurício Amormino Júnior – CRB6/2422

SUMÁRIO

PREFÁCIO	4
MEIMEI BASTOS (DF)	8
TAWANE THEODORO (SP)	20
MONIQUE MARTINS (SP)	34
LILIAN ARAÚJO (PE)	42
MARIANA FELIX (SP)	52
KIMANI (SP)	66
LAURA CONCEIÇÃO (MG)	74
MIDRIA (SP)	86
MEL DUARTE (SP)	100
PACHA ANA (MT)	110
BIOGRAFIAS	122

PREFÁCIO

POR, RENATA DORNELES

Doutoranda em Literatura Hispano-Americana

O ano de 2016 foi marcante na minha vida acadêmica: a defesa do mestrado, seguida do primeiro ano de doutorado. Em uma das aulas do novo curso, o assunto foi Literatura Marginal. Escritores que vivenciam alguma situação de marginalidade - seja social, econômica ou geográfica - foram lidos e discutidos. Todos homens. Em dado momento, questiono o motivo de não haver escritas de mulheres na aula. Silêncio. Um dos professores que ministrava a disciplina propõe-me, então, que levemos à próxima aula as poesias das "minas" que estão na cena literária naquele momento. Dediquei-me uma semana às pesquisas.

Iniciamos a aula seguinte com imagens das poetas recitando. Suas escritas e corpos performáticos aparecem e emocionam com a potência de suas vozes nos vídeos e seus versos nos livros. Vou às lágrimas sem receio. Grande parte dos alunos e alunas presentes seguem-me no sentimento que aqueles versos nos proporcionam. Cada texto apresentado dialogava intensamente com minhas vivências. Naquele momento, decido modificar minha pesquisa, que seguiria pelas narrativas de Buenos Aires, e abraço a ideia de que a poesia escrita por essas mulheres será minha companhia nos próximos semestres de curso. A pesquisa, portanto, muda e o percurso Rio – São Paulo passa ser uma constante para mim nos anos seguintes.

Embora não tenha sido minha primeira vez em slams, foi em São Paulo que minha relação com esse movimento cultural me retira do lugar de mera espectadora e me faz sentir pertencente a esses espaços. Levo pouco da academia na pele a essas ágoras poéticas. Na maior parte do tempo, a admiradora, que se extasia com a voz e performance das poetas, toma lugar da pesquisadora. Até este momento, não havia descoberto as possibilidades de pesquisar a partir de minha admiração e afeto. Agora impunha-se explorar o potencial transgressor e político da poesia/performance de mulheres em um jogo que envolve seus corpos como campo político e os espaços públicos como corpo vivenciado a partir das diferentes paixões contidas em suas escritas.

NESTES QUASE TRÊS ANOS DE PRESENÇA NOS SLAMS, O ENCONTRO COM POETAS DE DIVERSAS REGIÕES DO PAÍS FOI UM PRESENTE À PARTE: AS LUTAS SÃO DIVERSAS; O VIGOR DA VOZ O MESMO.

A força no olhar de cada uma dessas mulheres ao recitar o que nos une em nossas diferenças produz olhares atentos e bocas caladas em cada uma de nós.

Ao final de cada performance, não sou a única emocionada com a poesia. "Tchu tcha tcha tchu tchu tcha", é o som vindo da plateia. A melodia do funk toma lugar das palmas, já ultrapassadas no slam.
É a maneira do público expressar que aquela poesia tem força e

ultrapassou os ouvidos, que reverenciam cada verso proferido, para chegar a um lugar que toca cada mulher ali presente.

A reinvenção da poesia, da cidade, do corpo unem-se nos slams. É o momento de assumir a cidade como um território de disputa por intervenção da palavra.

E essa disputa fica evidente quando cada poeta se coloca frente ao público e mostra a potência da palavra, a palavra-mulher. A caneta, utilizada antes da performance para rabiscar poesias, expõe o grito latente que reverbera a voz da poeta-mulher cada vez que sua poesia-dor, sua poesia-força, sua poesia-autoamor encontram seus pares nesses espaços de resistência da arte e chegam às linhas deste livro.

Essas escritas que pertencem aos momentos efêmeros do slam estão presentes nesta obra, organizada por Emerson Alcalde. As temáticas que nos fazem vibrar e nos comovem poderão ser lidas sempre e quando desejarmos, porque agora se estendem pela escrita e alcançam um número maior de leitores e leitoras atentos à fala dessas poetas. É o empoderamento coletivo de mulheres que se reconhecem nos versos que sussurram aconchego e força em nossos ouvidos através de vozes que ocupam territórios e páginas e já não podem ser silenciadas.

- DIZ DO AUTO AMOR, OU SIRIRICA
- AIRAM
- DESABROCHAR

MEI MEI BASTOS

foto: Amanda Antunes

DIZ DO AUTO AMOR, OU SIRIRICA

Quando menina me diziam:
SE TOCA!
se comporta.
senta direito.
fecha essas pernas.
isso não é coisa de menina!
não pode isso,
não pode aquilo.

SE TOCA!

anos depois,
virei moça.
da infância resistente
carreguei o apelido:
Maria João.
sem entender direito aquilo,
eu achava bonito
fazer como os meninos.
correr sem rumo,
sem me preocupar com saia,
atrás de pipa,
de bola.

até que me gritaram:
JOGADA!
daí, vieram os nomes sujos.
mesmo com a patrulha
e os cuidados de meus pais,
meu destino pro povo tava dado:
puta ou
drogada.
esse é o futuro
de moça que se mistura!

se tivessem apostado no "mãe solteira",
teriam acertado.
(esse status eu tenho orgulho em carregar, porque
me neguei a
ser saco de pancadas e fugi ao primeiro sinal de
taca)...

e da infância resistente eu carreguei a
teimosia,
fiz TUDO ao contrário.

o que eu não entendia era que eu não fazia
diferente dos meninos,
mas os palavrões só se referiam a mim.

SE TOCA! VOCÊ É MULHER, TEM QUE SE DAR AO RESPEITO, TEM QUE SE VALORIZAR! SE TOCA!

e então, eu me toquei.
toquei meus cabelos,
meus lábios,
meus seios,
minha pele,
meu clitóris,
minhas marcas.

aaah ...
me amei!
amei a forma e a
textura do meus cabelos,
a cor da minha pele,
meu corpo
que imita meus cachos,
que mesmo marcado
pelas estrias da vida
é belo na sua (RE)existência.

amei a minha história
de menina criada em quebrada.
senti orgulho do lugar de onde eu vim
e de tudo que eu conquistei até aqui!

e num orgasmo,
presente dado por mim,
para mim
por minhas mãos
de dedos sensíveis
e calejados,
me senti e
me aceitei,
assim como sou.

agora nem pele clara,
nariz fino,
cabelo liso,
português bem dito,
rua asfaltada,
CEP grã-fino,
nem mesmo farda,
nada me rebaixa!

e eu não pertenço a ninguém!
me tocar foi o melhor presente
que me dei.

acorda antes
do Sol raiar,
do primeiro
passarinho piar.

passa o café,
manteiga no pão.
acorda o mininu,
ajeita o cabelo,
confere o dinheiro
e sai.

ponto cheio,
ônibus lotado,
trânsito parado,
atraso no trabalho,
desgosto do patrão,
desconto no salário.

vai faltar pro pão!
tem problema não.
no outro dia, segue pra sua missão.
lá fora garoa,
mininu num braço,
no outro a bolsa,
o guarda-chuva,
no coração a esperança.
na cabeça seu mantra:
"esse mininu há de ter um
futuro melhor que o meu!"

SÃO VÁRIAS JORNADAS.
TRABALHA COMO SE NÃO TIVESSE FILHO,
CUIDA DO FILHO COMO SE NÃO TRABALHASSE.

MEIMEI BASTOS

noite passada, teve briga
com João, que levantou a mão.
quebrou a louça... a TV...
queimou as roupas e o colchão!
"isso é pra você aprender!
vai dormir no chão, sem roupa,
no frio."

DESSA VEZ NÃO TEM PERDÃO, JÃO.
DESSA VEZ NÃO!
ANTES SÓ, QUE DORMINDO COM INIMIGO!

Levanta, ajeita o menino,
sai.

faz o B.O!
ela não vai mais apanhar.
acabou tempo de chorar.
pra escola vai voltar,
Enem e vestibular
vai prestar.
na universidade ingressar,
chão não vai mais limpar e
outras irmãs vai ajudar.

PORQUE ENQUANTO UMA DE NÓS AINDA SOFRER, APANHAR E CHORAR, A GENTE NÃO VAI DESCANSAR!

MEIMEI BASTOS

DESABRO-CHAR

levou um tempo
até que eu
entendesse
que era eu,
não você.

que toda vez
que eu espontaneamente
esboçava alguma opinião
contrária e você se zangava
era eu.

EU,
NÃO VOCÊ.

enganada, acreditava que era você
a causa de tanta alegria.
e quando deitada no seu vazio
me culpava por não encontrar nada
e achava que era eu quem não sabia procurar.
ingrata.

é sempre você.
insatisfeita
de TPM
reclamona
chata
desinteressante
insuportável.
é brochante conversar com você.

MAS NÃO ERA.
ERA EU, NÃO VOCÊ.

agora, vou dar risada por dentro
sabendo do meu engano.
ERA EU
DESABROCHANDO,
NÃO VOCÊ.

- PODER DAS MINAS
- EU NÃO QUERIA SER FEMINISTA
- SOMOS MULHERES...

TAWANE TEODORO

foto: Sergio Silva

PODER DAS MINAS

> "Cheguei (cheguei)
> Cheguei chegando,
> bagunçando a zorra toda
> E que se dane, eu quero
> mais é que se exploda
> Porque ninguém vai
> estragar meu dia
> Avisa lá, pode falar"
> (Ludmilla)

Avisa memo, pode avisar
Que junto com as guerreiras nóiz não tá mais pra brincar
Cês acha que a gente veio nesse mundo pra ficar agradando?
Aaaah parça, vamo tá melhorando
Nóiz quer é meter o louco
MUITO MAIS, porque ainda tá pouco!!

Não vão mais segurar a gente
Porque agora já estamos conscientes
Que não somos rivais
E com isso não vai ter lugar pra vocês mais
Porque sozinhas já somos o "terrô"
Mas juntas, meu amô
Não tem pra ninguém
Unidas, quero ver quem nos detém

Mas é bom deixar escuro que gente não passa pano
Nem pra mina e muito menos pra mano
Se fez bosta vai ser cobrado
Gente sem noção a gente não quer como aliado
Foram anos sendo caladas, e agora a gente escolhe bem, quem vai tá do nosso lado !

Não aguentamos mais sermos criadas pra ser robô
"Elas fazem isso", "Elas fazem aquilo"
Afinal, elas não fazem sentido
Pensa comigo

"Mulher é muito sentimental "
Já viu o quanto homem chora por ter levado um não?
E quando não consegue tiram xingamentos até do chão
É feio falar de um corpo que não é seu irmão

"Homens são mais inteligentes e possuem o maior QI"
Não é a gente que acha que assobiando vai tirar a gata pra sair

"Mulher tem que ser bela, recatada e do lar "
Minas lembrem que padrões estão aí pra se quebrar
Não se prenda a algo que vai te derrubar
Nossa beleza é própria e ninguém pode nos tirar

"Homens são mais bem sucedidos em tudo"
Aí eu surto
Porque vocês só tão na nossa frente
Porque o mundo te dá passação de pano de presente
Mete as mesmas oportunidades
Que vocês vão ver como se domina esse mundo de verdade

E nem adianta
Vir pagar de melhor do coito
Implorando por biscoito
Porque quem faz isso é Bauducco, irmão
Não vamos aplaudir o que tem que ser sua obrigação

Tá me achando revoltada?
Parça, não adiantou ir com carinho e explicação
Então partimos pra próxima opção
E aproveita, enquanto tamo batendo com poesia e não com a mão
Sacou vacilão?

E nem adianta atacar
Porque eu vou te falar, meu time é pesado demais pra você achar que vão me derrubar
As minas decidiram se juntar, e se inspirar

Gabrielly Leite me ensinou demais e me empoderou
Jessica Campos me mostrou o caminho e junto comigo voou
Kimani e Anaya sempre me inspirou

Jade Quebra e Mari Felix sempre somou
E eu aprendi foi com Luz Ribeiro, morou?
E se Deusa Poetisa abençoou...
Pode vir quente que nóiz vai tá fervendo
Vocês vão vir fraquinho
E nóiz junto com Rap Plus Size dominando tudinho
E nem venha duvidar da nossa arte
Porque nosso time também tem Mel...Duarte

E olha que não falei nem metade do time pra vocês não falarem que nóiz tá apelando
Porque homem é muito sexo frágil
Pra aguentar tanta mina ágil

Mas já entenderam que vocês não vão nos derrubar né
Já sacamos que a vida vai bater
Mas a poesia se tornou o nosso novo jeito de defender
Me inspiro nas minas, pra outras poderem se espelhar em mim
Enfim...

TÃO DESESPERADO, POR EU TÁ JUNTO DAS MINHAS IGUAIS? É AQUELE DITADO, ATURA OU SURTA BEBÊ, TÃO VINDO MUITO MAIS.

TAWANE THEODORO

Eu não queria ser feminista
Eu não deveria ser feminista

Em pleno século XXI minha gente, feminismo não deveria nem existir...
Calma sociedade, não comece a sorrir
É porque mulheres não tinham que precisar resistir tanto assim

É até difícil de imaginar
Que em uma era tão tecnológica eu ainda tenha que implorar
Que por onde eu passar
Todos possam me respeitar.
Eu detesto ser feminista
Mas... diante de uma sociedade tão egoísta
Eu não tenho opção
Porque ainda vemos mulheres sendo abusadas no busão

Vemos relacionamentos abusivos se tornando coisa normal...ou melhor
"""""Coisa de casal"""""
Ninguém liga pra mulher e pra sua dor
Fazem ela acreditar que tudo isso é amor

Vemos a mídia à todo momento querendo nos empurrar um padrão
E eles fazem com que a gente tenha noção
De que nunca chegaremos ao que é considerado bonito pra toda nação.

Passamos o dia escutando
Que as mulheres não estão se respeitando...
Quando vão entender que do nosso corpo somos nós que estamos no comando?

Percebemos que quando estamos na rua, à noite, sozinhas e observamos um cara se aproximar
Já começamos a acelerar
O coração, disparar
Começamos a rezar
"Que seja só um assalto, e que só leve o meu celular"

Acha que ainda assim é mimimi
Conversa fiada?
Como já escutei muitas vezes...
Falta de vergonha na cara?
Vamos ser mais didática então
Vamos jogar estatística
Já que o óbvio parece que saiu de questão

O Brasil é o 5° país mais violento para mulheres do mundo

Cada dia o feminicídio aumenta

E com a mulher preta a estatística é ainda mais violenta.
Homicídio de mulheres negras aumentou 54% em 10 anos

A CADA 11 MINUTOS UMA MULHER É ESTUPRADA;

Em média 47, 6 mil mulheres são estupradas por ano, sendo que nem 30% delas denunciam;

E em 70% dos casos, a vítima era próxima dos seus agressores;

3 em cada 5 mulheres vão sofrer algum tipo de violência dentro de algum relacionamento;

Até 2030 podem morrer 500 mil mulheres vítimas de violência doméstica no mundo;

94% das mulheres já foram assediadas verbalmente enquanto 77% já foram assediadas fisicamente...

E acha que o feminismo é exagero?
O feminismo é desespero!!!
Pois, estamos em uma sociedade que eu ainda tenho que explicar
Que somos seres humanos e não algo que possa se descartar.
Então não venha me pedir delicadeza
Pois tenha certeza
Que aqui... Isso não vai rolar
Foi-se a época da gentileza

Vamos chegar com dois pé no peito memo
Passar por cima de qualquer tipo de sujeito
Derrubando esse seu preconceito
Afinal, confundir a violência do opressor
Com a reação do oprimido
Não faz o mínimo de sentido.

Mas hoje, vocês não conseguirão mais nos parar
Na luta de outras mulheres
Buscamos forças pro nosso caminhar
E temos fé que tudo vai mudar
E que vamos desconstruir
E que essa merda de patriarcado vai cair
Só precisamos nos unir
Porque é tão lindo viver com a sua igual
Com a plena consciência que ela não é a sua rival
Sensação de liberdade
Total felicidade.

Hoje mulheres precisam ser feministas...
Mas tomara que em algum dia
Elas não precisem mais ser
E que finalmente, alcancemos o nosso devido poder

E eu peço, pra qualquer Deus de qualquer religião
Que a próxima geração
Não enfrente um mundo tão sem noção.

TAWANE THEODORO

SOMOS MULHERES...

E você já parou pra pensar o
que é ser mulher?
Porque diante da sociedade
Nem seu próprio corpo é seu
Patriarcado chega te
arrastando
E te joga pro Estado
E eles vão decidir
O que é bom ou não pra ti

Já somos moldadas desde o nosso nascimento
Limitam o nosso crescimento
Questionam o nosso conhecimento
Não acreditam no nosso talento
Acham que só vivemos em busca do tal casamento.

Desde os nossos brinquedos querem nos limitar
Já perceberam que parece que estavam querendo nos treinar?
Porque o maior sonho da menina na infância
É ter um kit de panelinha
Brincar de casinha
Tem a casa da Barbie pra arrumar
A louça da aquabrink pra lavar
Porque no futuro, supostamente, teremos que lavar, passar e cozinhar
Se a gente se casar.

Nos empurram uma submissão
Querendo que a gente viva pro maridão
Que foi ensinado a ser o herói da nação
Ou o príncipe encantado pra conquistar
As meninas que eles continuam a humilhar
Mas pode parar
Que nunca acreditamos em contos de fadas
E não será agora que vamos mudar.

Crescemos e as coisas vão piorando
"Como assim não quer casar?
Não quer ter filho pra criar?
Se dê ao respeito
Cubra esse peito
Fecha essas pernas
Anda direito
Tira esse tênis e mete esse salto
Xiiiiiu, fala mais baixo
Mulher tem que ser delicada
Que isso!? Namorada?
Vishi... abominação
Não fale palavrão
Tu não tem razão
Sexo frágil
Olha aquela louça
Seja mais ágil..."

TAWANE THEODORO

Parem de nos rotular
Somos muito mais do que vocês possam imaginar
Somos a resistência
A melhor essência
A revolução
A pura lacração

**DIFERENTE DE VOCÊ MACHO, NÃO SOMOS DO SEXO FRÁGIL
QUE POR QUALQUER COISINHA
JÁ QUER VIR CHORAR
E O SEU BISCOITO BUSCAR!
"CALMA, EU NÃO SOU MACHISTA NÃO
É SÓ MINHA OPINIÃO
TADINHO DE MIM, SOU QUEM MAIS SOFRE NESSA NAÇÃO..."**

Quer vir zuar as minas
Mas nem segura as pontas
Porque quando o bonde se junta
Você já se assusta

Porque no seu mundinho
Ninguém é tão unido
Vocês tão tudo perdido
Tentando entender o sentido
Do por quê o seu poder tá sedento
A gente já chega dizendo:
Demorou, mais chegamos
E agora será do nosso jeito

E pode vir me chamar de louca e falar que eu preciso ser mais amena
Mas não vai adiantar
Porque a porra da paz
Aqui já não habita mais
Então pode ficar chorando
Que as minas vão vir massacrando.

E se você vir peitar
Pode esperar
Que a gente vai te derrubar
Porque a revolução será embucetada
Ou não será
E quero ver quem vai nos parar
Porque se o bonde se reunir
Pode esperar que vocês vão tudo cair.

- POEMA DIDATICUZINHU
- PAIXÃO VAMPIRISMO
- EU QUERIA FALAR ALÉM DO FEMINISM

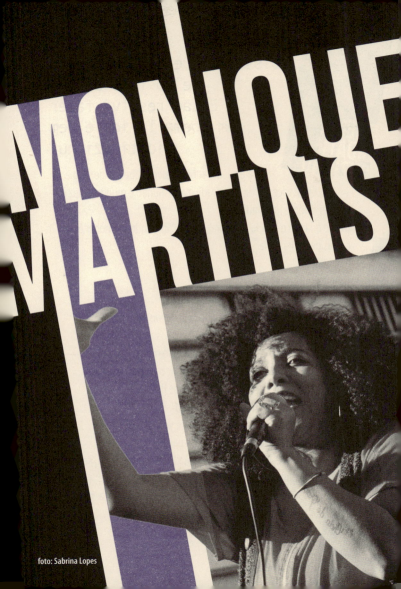
foto: Sabrina Lopes

POEMA DIDATICUZINHU

Disseram que sou feminista
e só falo de cu.
Então resolvi fazer
um poema liricu e bem
didaticuzinhu.

Para explanar sobre a relação abusiva de sexo e
poder, aí você vai ver que desde que o mundo é mundo, a voz da
mulher sempre foi calada.
Desde quando o bando de Cabral chegou, impondo seu poder às
custas de muita índia
e negra estuprada.
Não, não, não, peraí...
Vamos voltar muitos ânus atrás:
Porque desde quando Deus criou Eva, depois de Adão,
o homem entendeu tudo errado
e já começou a humanidade se achando melhor "bonzão"
Eu poderia dizer várias fitas para rimar com essa questão:
Cada vez que você goza e tá pouco se lixando
para a sensibilidade do meu tesão;
Cada vez que eu te ofereço amor e você me devolve
a superficialidade de uma falsa paixão;
Cada vez que você me atravessa brutalmente com o seu sim
achando que vai ser mais forte do que o meu não;
Cada vez que você me chama de feminista, louca, puta
e não respeita a minha condição;
Cada vez que você ocupa meu lugar de fala e

tira o microfone da minha mão;
Cada vez que no mesmo cargo você ganha um salário mais alto
e sai na vida bradando razão;
Cada vez que a sua estupidez torpe e grosseira
não respeita as lágrimas da minha emoção;
Cada vez que você esquece – na prática– que nasceu de um útero
e não da costela de Adão!
Então, então...
Você que se acha muito machão: Cuidado!
As minas estão chegando forte, munidas de poema,
para denunciar o patriarcado;
E nem é guerra de ego ou ameaça velada
É só para te lembrar que nossa voz nunca mais será calada
E nem adianta me cuspir o seu cinismo
Eu tô é cansada dessa merda de falocentrismo
Então, eu falo da falácia desse falo
A minha voz eu não calo.
E se você não tá pronto para o diálogo
fica calado!
Porque se não te interessa ser mais desconstruído
fica quietinho e escuta
E guarda no bolso essa sua tese, de achar que
toda mulher empoderada é puta.
E cada vez que você pensar em chamar uma mulher de puta
lembra bem da mãe que te pariu. E sentiu a dor do parto.
Porque se você acha mesmo que teu membro é dono do mundo,
lembra que na parcela de contribuição, tu só deu uma esporrada
Pois, foi no ventre de uma mulher que a tua vida foi gerada!!!

MONIQUE MARTINS

Querer usufruir do meu corpo ao seu bel-prazer é fácil

PAIXÃO VAMPIRISMO

Difícil é bancar a responsabilidade emocional de não ser cuzão e assumir o real sentimento que você gera no meu coração
Putz...eu adoraria conseguir fazer um poema sem palavrão
Mas a real, é que você me fode todo dia
E nem é aquela puta foda gostosa, é pela tua falta de poesia
E não é dessa poesia falada que eu tô falando, essa teoria fala de papagaio que vomita versos e oferece canção...
Essa merda de putaria baixa que você me oferece, querendo meu corpo, achando que eu sou metade, meia
Esquecendo de todos os detalhes em que diariamente eu me colo, para me lembrar inteira
O que me fode, é essa patifaria torpe
Esse teu egoísmo, esse teu ego ferido de macho frouxo
Que quando eu me jogo inteira, você me oferece pouco
Me falta até adjetivos, só me resta te chamar de escroto
Acha que tem o direito de me usar quando bem quer,
aí vira e mexe aparece, cheio de cinismo. Isso não é amor, não é paixão, não é nada
O nome disso é Vampirismo

Me suga sem nenhum pudor, mas não banca as dores e delícias de ficar comigo
Bauman chamava isso de "amores líquidos"
Eu digo, que dessa historinha bosta, eu não posso te chamar nem de amigo
Porque amigo é fechamento. E você tá pouco se fodendo para o que se passa em meu peito
Eu sou o tipo de poeta transparente, que visto por fora o que sinto aqui dentro
Você se apaixona pela minha poesia, mas tua pequenez, não te permite ultrapassar as linhas da tua hipocrisia

CARA DE PAU. EU TÔ DE SACO CHEIO DE FAZER A LINHA PROFESSORINHA
SE VOCÊ NÃO ASSUME OU NÃO SABE O QUE QUER, FICA NA TUA ANTES DE DESPERTAR OS MISTÉRIOS QUE ENVOLVEM O CORAÇÃO DE UMA MULHER.

MONIQUE MARTINS

EU QUERIA FALAR ALÉM DO FEMINISMO

Eu queria falar mil coisas para além do feminismo
Mas é que todos os dias, o mundo me escancara e bota bem na minha cara, a baixaria do machismo

Por exemplo, eu queria falar sobre prevenção do suicídio
Sobre sagrado feminino
Mas não consigo
Eu queria falar sobre a natureza, sobre medicina natural, sobre o amor vencer o mal
Mas não consigo
Eu queria falar sobre o corpo ser templo do Espírito, sobre troca de energia e auto cuidado contínuo
Mas não consigo

É QUE O EXTERNO ME ATRAVESSA E NÃO CONSIGO ATRAVESSAR AS ARESTAS DO MEU LIMBO

E me pego aqui, dita monotemática, presa na poesia tanta que morre comigo

QUERIA CONSEGUIR ESCREVER SOBRE A POESIA PURA DE UMA ESTRELA CADENTE, OU FAZER UM LIVRO MOTIVACIONAL PRO VAZIO QUE A GENTE SENTE

Mas é que o externo ainda me afeta tanto, que acabo poetizando essa militância de tema urgente
O externo me afeta, enquanto no interno falta afeto
É que sei que sou capaz de me jogar no mundo, mas falta coragem de mergulhar dentro
Mas para tudo aquilo que eu não consigo, só sei que sinto.

MONIQUE MARTINS

- RAÍZES
- SOLITÁRIO NA SOLITÁRIA (RAFAEL BRAGA)
- CADÊ? (PARA AS MÃES DA ZL)

LILIAN ARAÚJO

foto: Ellen Mendes

RAÍZES

Honrei minhas raízes,
fiquei por um triz
Me refiz, caí quando
estava quase no topo
Sempre foi sufoco, mas
cê te contar minha
história
Ceis vão entender como cheguei
até aqui
Com resistência eu prossegui
não desiludi

Tive ao meu lado Maria da Penha
Mulher, indígena, e mãe dessa preta
É por nós duas que hoje eu sou muita treta
Somos berço e criação dessa terra, minha guerreira
Para chegar qualquer vacilão querendo tirar meu chão?
Vim da roça sei plantar e nessa terra você não mexe não
Te contei tantas vezes sobre falsas promessas
Tudo que não presta, te sacudi como Joana fez com Jasão
Cê se abalou, revoltou
E pra onde tu foi, meu amor?
Amor? Não, não
Tu só é mais um, né não Jão?
Nunca conquistei nada pelos versos destinados à você,
Porque de amor eu tô fora

O único existente é aquele onde uma mulher pega o filho
Nos braços toda vez
Sente no peito sempre que o filho preto
Sai tarde pra dar rolê
A vida anda muito cabulosa
Eu aos vinte e sete anos contrariando as estatísticas

PERCEBO COMO VIVI ATÉ AGORA, SUSTENTAR OUTRA RELAÇÃO DE OPRESSÃO EU TÔ FORA

Mulheres, eles sempre nos machucam
Por isso precisamos ir embora
Fazer como Inês de Adoniran Barbosa
Apagar o fogo e não voltar mais
Mas disso macho nenhum vai entender
É isso que me revolta
Não é justo, a solidão sempre bater na minha porta
Muitas pretas tem o mesmo relato para dizer
E a real mesmo é:

QUANTAS PRETAS VOCÊS DEIXAM DE LEVAR PRO ROLÊ?
QUANTAS VIDAS PRETAS VOCÊS SE IMPORTAM PRA VALER?

LILIAN ARAÚJO

Eu posso entrar em tantas estatísticas
Minha herança é Afro-Indígena
E dessa realidade poucos vão entender
Que "A escravidão não acabou é apenas um sonho"

QUANDO AS PRETAS TOMAM O PODER É COM TIROS QUE VÃO NOS SILENCIANDO ESTÁ PRESENTE SIM, MARIELLE FRANCO FEMINICÍDIO MATOU REMÍS ESTUPROU DIANA NÃO TEM NEM TRÊS SEMANAS QUE DÁLIA FOI ESPANCADA

RAÍZES

**NÃO É POSSÍVEL QUE NINGUÉM
VIU NADA
ELA OLHOU PRO LADO E LEMBROU
DE GENI APEDREJADA
CRIOU CICATRIZES
E MESMO COM AS MÁS
LEMBRANÇAS MARCADAS
NÃO FOI SUFICIENTE PARA
SE MANTER CALADA**

A justiça de Xangô nunca falha
Que nossas ancestrais nos conduzam sempre
Para o caminho do embate e da sabedoria
Adelina, Clementina, Dandara, Anastácia, Cláudia, Carolina, PRESENTE!

LILIAN ARAÚJO

SOLITÁRIO NA SOLITÁRIA (RAFAEL BRAGA)

Eu nunca pensei que mãe
embalava menino
antes da hora

Se fosse de morte morrida, talvez o coração suportaria
Mas sempre de morte matada?
Meu peito que não aguenta mais esse genocídio
que impera em nossa história.
De um lado o Estado, soco diário no estômago vazio.
Do outro, doses de cachaça que é pra aguentar tapa na cara
Vindo como lição de moral da polícia.

É COMO TIRO CERTEIRO TIRANDO MAIS UMA VIDA DESSE FIM SEM JUSTIÇA NA COVA

Como cova cavada nas celas, é preto preso solitário na solitária.
É fixação das casas grandes pacificar as relações que ocorreram na
Escravidão e nas senzalas, é essa porra mesmo de Gilberto Freyre
Com miscigenação e mulata.
Calma aí que não é bem assim, é muito anterior a 1.500
E posterior a 20 de junho de 2013.
Nessa herança, não foi colonizador nenhum
que deu carta de alforria

Muito menos foi ela quem deu liberdade um dia.
As nossas lágrimas derramadas na dor e na luta é o diálogo mais sincero
Com nossos ancestrais, é a junção de memória e proteção de minha mãe Yemanjá

E EU LHE PEÇO: QUE NOSSA HISTÓRIA NUNCA SEJA ESQUECIDA
QUE NOSSAS VOZES SEJAM DE FATO OUVIDAS
QUE AS LUTAS SEJAM TRAVADAS E SE FOR PRECISO COM REBELDIA
PARA QUE RAFAEL BRAGA NENHUM FIQUE SEM LIBERDADE E JUSTIÇA UM DIA.

LILIAN ARAÚJO

CADÊ? (PARA AS MÃES DA ZL)

E você? O que seria da
sua vida sem as
minas pretas
Já parou pra pensar?
Eu tô falando mesmo
é do estupro

Que no corpo fez parir o mundo e nem perguntou
Se com ele, ela queria se deitar.
Eu tô enlouquecida seu senhor de engenho disfarçado de justiça,
Sai do caminho que a gente vai cobrar.
Eu cansei dessa sua cara fardada, dessa vez não engolimos mais nada
Já estamos cheias de marcas.

A NOSSA LUTA É PELA VIDA, TAMBÉM PARA BARRAR O CHORO DIÁRIO

Até para sentar a bunda e estudar em universidades racistas
Não sou carne de freguês o corpo é meu
E racistas, vão se foder!
Me transformei na besta fera combatente, fúria de verdade
Tamo batendo de frente, segura essa cuzão
Preta Adelina autonomia na função

Cobrando o que é justo pra não perder os irmãos.
Cadê os cinco moleques?
Muita resistência, mães da Zona Leste.
Viver no meio da pobreza é crescer com o
Estado genocida desde nascença.
Se vamos encontrar os manos com vida?
Há quem duvida, não espero nada além de uma cova cavada a ódio racial
Vindo direto da mira da polícia
Lá se foi um revolucionário a menos, como não sentir revolta a todo tempo?
Faço parte do grito de tantas mulheres: mães, esposas, irmãs, tias, avós
Que acalentam o coração na esperança do filho voltar
Contrapondo com a realidade que é baleada pelos tiros diários dessa maldita cidade

SE ESTÁ ME OUVINDO BEM SABE QUE A MEMÓRIA DO MEU POVO ANDA INTACTA, CANDELÁRIA, CARANDIRU, CRIMES DE MAIO, OS 5 DA ZL, E TANTAS OUTRAS MORTES QUE SE JUSTIFICARAM PELA COR DA PELE, NÓS, NÃO ESQUECEMOS!

LILIAN ARAÚJO

- "RECEITA"
- "LOUCA"
- "DIREITO"

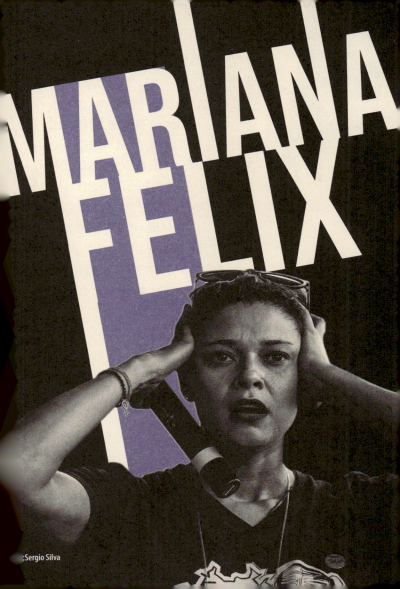

"RECEITA"

Um dia peguei todo
"gostosa" e "gatinha"
E coloquei em minhas
panelinhas
Separei a dedo o
cinismo do que era ou
não coisa de menina
3 pitadas de recalque, 2 doses
de mal amada
Em fogo alto do meu
temperamento opaco
Eu cozinhei... cada mau trato!

Deixei em banho-maria todas as vezes que você disse que ninguém me queria
Refoguei junto das vezes que você dizia que a culpa era minha
Esperei de 20 a 30 anos pra descobrir que era tudo mentira
Peguei a sobra do que tinha na cozinha, fiz sua marmita
Vesti qualquer roupa que eu tinha
Estavam dobradas ao lado de todas as minhas bonequinhas
Me perfumei da desobrigação de não ser mãe ainda
E dentre todos os tipos de casamento
O calçado escolhido foi solteirice e desapego
Achei que na bolsa tinha muito peso

**TIREI DELA ENTÃO
TODAS ÀS VEZES
QUE NA CARA,
VOCÊ ME APONTOU O DEDO
E SAÍ... MAS NÃO SEM ANTES
RISCAR UM FÓSFORO,
BOTEI FOGO NA CASA
E EM TODO REMORSO**

Da louça que eu sei que você não lavaria...
E de todo cansaço que eu sentia todo dia à beira da pia
Foi um massacre geral!
Não sobrou nadinha
Tudo bem... nunca fui boa em brincar de casinha!
Fui ao seu encontro
Quem me viu na rua
Pode jurar que eu parecia um ser novo
Empoderada, dona do tom da minha risada
Te encontrei e entreguei todo sentimento requentado
Das vezes em que você só quis me comer
E o que eu precisava mesmo era de um abraço

MARIANA FELIX

TE ALIMENTAR FOI UMA EXPERIÊNCIA SEM IGUAL AINDA ME LEMBRO DE VOCÊ AO MEU LADO PASSANDO MAL VOMITANDO TODA SUA MORAL SUAS DESCULPAS ESFARRADAS BEM COTIDIANO E NORMAL!

Da bolsa tirei a verdade
Que te cortou feito faca
Decidi acabar de vez com a nossa história, tão rasa
Depois vi suas injúrias escorrendo pela vala
Enquanto eu me despedia em meio à morte já anunciada
E não foi surpresa, e eu já dizia
Que te vi com outra na sua missa de sétimo dia
Já eu... estava sozinha
Sorridente, quem diria!

Só fui feliz após não precisar ser a mulher da sua vida
Porque na verdade, sempre fui a mulher da minha.

SE VOCÊ BATER A PORTA
QUE NÃO VOLTE MAIS
NÃO É NORMAL GRITAR COMIGO
E ACHAR QUE TANTO FAZ
ME XINGOU, ACHANDO QUE EU
IRIA CORRER ATRÁS....
SE ENGANOU AMIGO
EU JÁ NÃO TE QUERO MAIS!

MARIANA FELIX

"LOUCA"

Quando você ri de mim
porque estou brava
ridicularizando
minha causa
Nem é o sorriso em si
que me maltrata
É a sua ausência de
palavras

Porque o seu deboche
é o baque forte
que fere feito corte
E dói imaginar que a minha ausência
seria nobre
Já que não meço minhas palavras
Já que não meço o tamanho de minhas saias
Já que não meço minha intromissão
"Você está louca!" Frase padrão
Padrão fitness de academia
Padrão tamanho 38
Padrão sem celulites e estrias
Padrão silêncio
Porque grito meu que vomito do peito
te enoja
E eu procuro outros cantos

Onde meu canto
Possa ser eleito
Candidato à revolução apenas uma vez
Presidenta de minhas razões
Não a vagabunda, ou a puta
Não a que gerou vocês...não! Jamais!
Assim...que se consideram gigantes
mas se esquecem por um instante
Força não é poder!
Trazemos no colo
Navalhas!
Nos seios sem consentimento apalpados
Armas!
No ventre tantas vezes invadido
Facas!
Em nossas costas roçadas
Muralhas!
Em guerra civil cotidiana
Sermos surdas aos assovios
Nos mantém planas
Anas, Flávias, Marianas, gostosas...
São nossas faces em desdém à sua insulta lógica
De se achar no direito de invadir meu espaço
Com suas frases atravessadas porque não caminho com um homem
ao lado

Ou à frente...como se eu tivesse necessidade de um guia
Traduzida por um homem que de minhas palavras se apropria...
Não...não mais!
Quero que ouça:
Voz não nos falta, rapaz!
Pra quando quisermos, falarmos mais alto
Pra lutar sim por nossos lados, com distância
de mais de um palmo...
Entre seu corpo e o meu
É direito, se eu não te convidei pro abraço!
Afaste-se!
É esse seu beijo, com a mão na minha cintura
Que me causa alarde
Causa incômodo...

VOCÊ JÁ SE QUESTIONOU SE EU QUERO MESMO SUA MÃO DESLIZANDO PELO MEU CORPO?

Se não souber a resposta, contenha-se...
O que me conquista não são suas investidas
Mas sim quando me olha de frente
Rente!
Sem medo de mulher que chora

Que põe pra fora
Que te explica tantas vezes
Porque andando na rua a noite
Tem medo de ser morta
Nosso 8 de março, história!
Que os livros não contam
As 129 mulheres queimadas
Por serem consideradas as tais "loucas" de outrora!
Vitória!
Se querem mais direitos aos homens

TROQUEMOS DE LUGAR QUEM ACEITA A PROPOSTA?

O mesmo que nos chama de feminazis aceitaria?
Ou a irmã que diz que câncer de próstata
Mata mais que pedofilia em meninas?
Entenda que se somos feminazis
Os homens são a Igreja Católica!
Que já matou mais que as duas guerras
Mas que sempre encontra beato equivocado
pra defender sua honra e glória!

MARIANA FELIX

"DIREITO"

Sentou para
fazer o teste
Pela primeira vez
juntou as mãos
Pediu ao Deus cristão:
reprovação.

Ali sentada, não chamava Maria
E era pouca a sua graça
Sabia que nenhum Espírito Santo a abençoara.
Não contou nem para a melhor amiga
Preferiu sofrer sozinha
Os minutos que sua sentença definiria
Se levantou, ensaiou as explicações para o Pastor
Para a sua mãe, para a sociedade
Pensou em procurar aquele
Que do que ela carregava era dono de metade
Mas recuou...
Não queria aquilo
Que dentro já habitava
Não queria escolher nome próprio
Nem ser casada
Não queria sua vida mudada.
Saiu sem ver o resultado
Foi pra rua em busca de um abraço

No silêncio do segredo não contado
Procurou uma farmácia
Pediu ao moço a droga mais usada
Para se livrar do que não aguentava
Mas já carregava
Parou em um parque
Chorando pediu perdão ao ventre e quem nele habitasse
Tomou o comprimido
E sem remorso, disse adeus...
E pediu:
Pai, perdoa os erros meus!
Mas o erro não era dela
Tomou tanta pílula vivia de tabela

CALCULOU CADA RISCO DO QUE SEMPRE LHE INVADIU AS PERNAS

Achou que um comprimido era pouco
Tomou logo a cartela inteira e como num sopro
Foi parar no pronto-socorro.
Ao abrir os olhos, quem estava lá?
O pai da criança a lhe acariciar...
Como já fazia há anos
Naquele inferno que chamavam de lar
E ela disse, sem bebê e sem ventre

MARIANA FELIX

Que estava cansada daquilo, que seguiria em frente
Não aceitaria mais seus abusos
Enquanto ele fingia ser crente
O mesmo pai, o da criança e o dela

DISSE QUE COMO HOMEM ELE HONRAVA O QUE TINHA ENTRE AS PERNAS
E QUE ERA DIREITO DELE COMO PAI, SER O PRIMEIRO A SE DEITAR COM ELA

Fabiana foi abusada
Durante 13 anos em sua própria casa
No quartinho em que sua mãe guardava coisas usadas
Logo ali, escondidinho , debaixo das escadas.

No culto de domingo
Dona Glória e Seu José pareciam um casal tão lindo
O pastor disse que Fabiana que estava desgarrada por ter sumido.

NO BOLSO DO PASTOR: DÓLARES PRA UM ABORTO CLANDESTINO DE UMA IRMÃZINHA COM QUEM ESTAVA DORMINDO
RESPONDEU AOS PAIS DE FABIANA SORRINDO:
"IRMÃOS, DEUS OS ABENÇOE PELO DÍZIMO!"

MARIANA FELIX

- LOSER
- DEIXA EU DIZER O QUE PENSO DESSA VIDA
- TÔ PELA LUANA, PELAS MANAS, PELAS XANAS, XOTAS

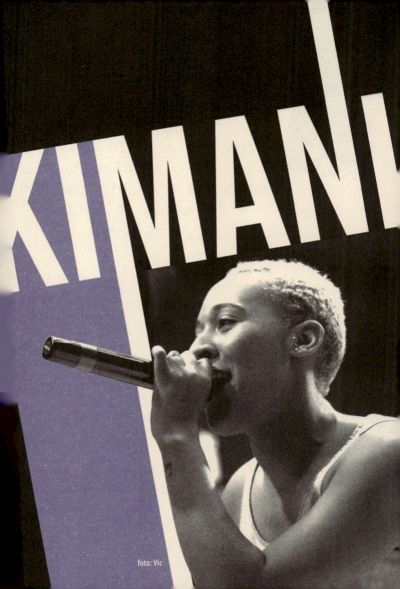
foto: Vic

LOSER

Ele passa o perfume, vira o boné para trás e sai para caçar, ou melhor, para comer. Como se a gente fosse presa, calabresa, milanesa e quanto mais come, menos se farta.

Depois fica com os amiguin, vendo quantos, como e quem mais comeu no outro dia.

REGALIA. SELVAGERIA. LOTERIA.

Então façam suas apostas! Quem dá mais? Quem come mais?

Na balada ele te pega pelo braço às vezes sem nem perguntar, encara, enrosca, encosta e enfia e nem lembra do seu nome no outro dia.

Abre. Fecha. Abre. Fecha as pernas menina é o que nos dizem quando você é uma ninfeta. Abre as pernas é o que nos dizem quando querem a nossa bu...

Abre. Fecha. Abre. Fecha e se não abrir por livre e espontânea pressão vai na força mesmo, e depois têm uns perreco que se assusta quando vê que estupro é manchete de televisão.

BURGUESIA. HIPOCRISIA. PARALISIA.

Pega o controle e mude de canal já que o conteúdo não lhe é agradável. Porque para as manas como eu, andar na rua, de trem, de busão, no metrô, tanta merda que a gente houve, que só apertando o "mute" do controle pra dar fim à função.

PSIU! DEVO ENTENDER O GOSTOSA COMO ELOGIO? AH, ENFIA NO CU O SEU ASSOBIO.

TÁ TUDO ERRADO!

Ele quem trai e ela é quem tem o defeito / Culpa dela, não deu direito
As manas treta por causa de macho/ Essas meninas de hoje, não ficam em casa, não sossega o facho
Ela foi abusada porque tava na gandaia/ E me vem alguém perguntar com que roupa que ela tava, se ela estava de...
SAIA da minha vida e não me aponte o seu dedo ou eu mesma vou lhe dar motivo pra você ficar com medo.
MEDO porque eu não me calo em frente à opressão, e vai precisar muito mais do que isso pra você me ver ou me fazer cair no chão.
MEDO porque o LOSER aqui não sou eu! Eu vomito verdade e militância no seu Adidas branco novinho, ué, e agora? Cadê seu sorrisinho?
Segura que as mana tão se levantando
Vai tomá! porque a gente não vai ficar sentada no sofá, tomando sorvete com "azamigas" esperando o príncipe encantado passar.
Príncipe que nada! Eu tô aqui pra fortalecer as dandaras, carolinas, Severina e realeza.
Mana fica esperta, abre o olho e vê se não acha normal os cara te tratar igual sobremesa.

KIMANI

DEIXA EU DIZER O QUE PENSO DESSA VIDA

> O silêncio é uma prece
> e nos calar é divino,
> eu já perdi a conta
> de que quanto veneno
> santo me deram e eu só
> engolindo.

Eu sei, somos revoltados demais aos olhos dos outros, é que tamo cobrando o que fizeram há quatrocentos anos com nosso povo.
E sujeito de fala, escarra racismo reverso em nossa cara, mas ninguém reverta história ou ressuscita corpo de quem morreu na chibata.
E é intrigante como até ignorante quer vir colocar o dedo, a mão e a opinião no nosso turbante.
Kimani qual teu lugar de fala? Quem você quer representar?
As pretas marrentas da Zona Sul que insistem em cruzar a ponte pra cá.
E quando você me olha o que você vê? Mais uma pretinha, bonitinha e fogosa pra você se entreter e depois de nove meses o resultado:

– E o paizinho da criança, mãe. Cadê?

Diz que eu tenho gingado, tenho um rebolado que hipnotiza você.
Reduz preto à samba, feijoada, Will Smith e Beyoncé.
Porque vocês sabem, né? Preto é tudo igual! E eles nem sabem diferenciar Jay-z de Chris Brown.
Tati Quebra Barraco e barraco é coisa de preto, dizem que eu lembro até a Rochelle. "Meu marido tem dois empregos".
Deve ser o jeito, o trejeito ou a herança, vocês ainda nem me viram dando ataque de pelancas.

E os pretos que se acham o Kid Bengala, o último pãozinho de mel, abre o olho irmão, pra mídia você não passa de um corpo hashtag Negrão, hashtag Latrel.
Porque todo preto é cotista, vitimista e nunca tem perfil pra passar na entrevista?
Desculpe o jeito de falar, é que eu não sei rimar de outra forma. Rimo pra não cair no abismo ou entre o vão do trem e da plataforma e forma um monstro no armário de toda mulher negra e ele se chama solidão, e esta é a questão de toda trama, porque toda mulher merece e quer ouvir bem mais do que "meu pau te ama", e se não tem capacidade pra me amar, nem venha na minha cama querer se deitar.

Eu tô cansada de ouvir que eu sou exótica pra gringo, mas nunca fui apresentada na sua família em dia de domingo.

- Ô pretinha o problema é comigo, não é com você.

Esperei sua ligação, seu telefone ficou mudo de repente e você, cadê?
Eu me lembro de na escola ver número pares formando casais e nós pretas, sozinhas tipo barquinho esperando no cais.
Nunca fui líder de torcida e nem da escola a mais popular,
"Seja duas vezes melhor" sempre ouvi minha mãe me falar, então vai TIME! Dos que se sentavam no fundão, não cederam a opressão, sedentos e machucados.
- Calma irmãos! Seremos todos saciados
Cuidado com o pescoço aí seu Zé
minha poesia tem cerol, tem linha, rima, rinha
é que a Rua não é só dos homens não, também é minha.

KIMANI

Eu tô no camarote, de pulseirinha VIP

Vendo as minas bombando em bando feito dinamite.
Bomba no sutiã, granada é o que tá teno
Prepara os zói e os tímpanos pra ouvir mina veneno.
FERVENDO, VENDO, LENDO
LENDO, VENDO E FERVENDO
Feito vulcão
Nem líquido, nem gasoso, estamos em constante ponto de ebulição.
SÃO nem metade do que falam! Só gogó
Real? Falador passa mal!
Gasolina reverto em combustível,
No fogo nóiz alastra, incendeia o bagulho
Na água nóiz nada o crau, o costa e finaliza com mergulho.

TÔ PELA LUANA, PELAS MANAS, PELAS XANAS, XOTAS

Eu tô te fitando, eu sei o que você diz:
- ôh Kimani lá em casa, mó mulherão.
Mas se eu pego no MIC e improviso uma rima você logo me chama de SAPATÃO. Né não?
Me mandou silenciar, voltar pra casa e limpar tudin
Olha bem pra mim, filhin!
Eu cheguei no verbin e no esculachin daquele jeitin
Ae Mister M, arranco sua mascara no dente.
Quer cobrir o rosto? Nem tente!
DESMASCARADO. DEPENADO. ANIQUILADO.

No corpo só restou uma cueca suja, meio freada, que até sua mãe está ciente. Desculpa aí família, eu juro que esta última rima saiu por acidente.

EU TÔ PELA LUANA, PELAS MANAS, PELAS XANAS, XOTAS
Fominha, miguelando MIC pra mina.
Sabota sem massagem porque nóiz usa rima pra fazer ultrapassagem.
Se abaixar o volume,
Puxar o cabo do microfone
A gente dá um grave na voz e equaliza na frequência.
Se não anotou, anota irmão: NÓIZ SOMOS A RESISTÊNCIA.
Nem vem me impor limite,
Economiza revide,
Tô cagando pro seu palpite.
Faz XXT com a mão e age como um fedelho.
Fala ai sozinho seu pu, punha, punha, punheteiro. Punheteiro de espelho, tá se achando o loki, não manja nem o clitóris, me diz como é que pode?
Falso feminista, que paga de artista, fétido narcisista.

TÔ PELA LUANA, PELAS MANAS, PELAS XANAS, XOTAS
Kimani vai desenhar,
É que as mina equilibra com dedo a torre de Pisa e faz Babilônia cair só no sussurro e já disse Casmurro, somos
"Cigana oblíqua e dissimulada"
As minas são sinônimo, heterônimo, pretérito mais que perfeito, perfeito, conceito, respeito
RESPEITO É PRA QUEM TEM — Respeita as mina aí vacilão ou então fica se contorcendo de ignorância e machismo no chão.

KIMANI

- AMAR NÃO É PRENDER
- O AMOR NOS TEMPOS DA CÓLICA
- O PATRÃO NOSSO DE CADA DIA

LAURA CONCEIÇÃO

Foto: Beth Freitas

AMAR NÃO PRENDER

Eu quis escrever
esse poema
Simplesmente por
escrever esse poema
Pra que os olhos Dela
que existem
como poemas
Possam enxergar com a Alma
Enxergar com calma
Os versos desse poema

Por que brincas comigo?
Quebra cabeça
Quebra a minha cabeça
Dona da minha cabeça
É difícil explicar, tô travada
É difícil até pôr em palavras
Eu sou poeta e me faltam palavras
Entre rimas e rimas
Entre palavras e palas

Se tu desperta esses versos em mim
Como dizer que são meus?
Mas como dizer que são seus
Se eu que escrevi?
Versos grossos

Esses versos são nossos
Eu não quero pra mim
Eu te quero pra mim
Se não for só pra mim
Também pode vir
Pois, não busco posse
Eu não busco a tosse
Provocada pelo sufocamento
Das relações mesquinhas do século XXI
Eu quero você nos momentos
Intensos em comum
De comum acordo
Sem contrato
Som contralto
Da sua voz no meu quintal
Não sou demais pro seu quintal
Eu quero ser o seu quintal
Pra você ver toda manhã
O Sol batendo em mim
Diariamente
Diferentes começos e fins
Meu coração bate por ti
Não tenha medo
Não há pressão além do dedo
Passeando pelo seu corpo
Se perdendo pelo seu corpo
Mas para além da sua Alma

Eu quero te chamar de amor
Mas me chame como quiser
Me chame sempre que der
Pro que der e vier
Mas só se você vier
Me ver novo
Tenho tanto pra te contar
Os minutos para contar
Você a me encantar
O mundo para enfrentar
Mas só se você vier
Me ver de novo
No meu peito te abrigo
Então quando é que você vem
Viver comigo?
Será que você vem?

Você gasta minha onda
E eu tiro onda
Com você do meu lado
Eu tô falando a real
E não é real de dinheiro
Pois, sempre ganho o ano inteiro
Quando um segundo do seu lado
O cheiro da sua presença é mais gostoso
O ar que tu respira menos poroso
Tudo de mais feio fica menos honroso
É que são só para ti esses dois olhos no meu rosto

Vamos pra Paraty
Pegar um sol curtir uma brisa
Tô amando você
Cê ama de volta?
É minha pesquisa
Eu tenho calma
Quem tem pressa corre demais
Eu tenho Alma
Tem pressa morre demais
Eu morro mais de uma vez por dia
O que me mata é seu sorriso
Mas renasço em poesia
Entre versos imprecisos
Versos que são precisos
Versos do dia a dia.

NO PAÍS ONDE HÁ CADA 4 HORAS UMA MULHER MORRE, UMA CARTA DE AMOR ENTRE DUAS MULHERES É A MAIOR FORMA DE RESISTÊNCIA.

O AMOR NOS TEMPOS DA CÓLICA

Hoje em dia se trata amor como contrato
Por ter amor por contratos
E por rescindí-los antes do tempo determinado
É como se amor fosse um objeto
Um dá o corpo
Em prol do ego
Ninguém dá afeto

Só depois da assinatura
De toda jurisprudência
Pra firmar acordo de combate à carência
Não se pode misturar essência
Contar causos da adolescência
Ou afirmar que sentiu a ausência

E se torna tão bonito não se preocupar
E se torna tão preocupante não saber amar

Não há diálogo
Ninguém rasga o verbo
Só se rasga o contrato
Quando esse se torna velho
Aí chamam dois advogados
Divide a guarda principal
Acordo pré-nupcial
Se valoriza o capital
Filhos não são mais almas
São falhas
Do anticoncepcional

No meio da pressa
Hoje em dia ninguém confessa
Quando ama alguém
Impedindo que essa pessoa
Confesse que ama você também
O medo de ser trouxa
Torna pessoas trouxas
Pois a maior forma de ser trouxa
É não se permitindo
Saber se está sendo ou não trouxa
Dar o melhor de si poxa
E automaticamente
Já não estará sendo trouxa

O medo de errar impede
Que você jogue acertando ou não
Pois não se sabe perder
Nessa nossa geração
A derrota é parte da jogada
Traz valor à caminhada

MAS SE AQUIETE, SE TRATANDO DE AMOR NENHUM DOS LADOS PERDE

O PATRÃO NOSSO DE CADA DIA

Será que eles tão achando
Que a gente tá gastando
O dinheiro que
é do nosso patrão?

Mas na verdade eu não
Tenho nem patrão
Pois tô desempregada
E poesia falada
Não tem remuneração

Tempo é dinheiro
Eu vou sem tempo
Vou sofrendo
Pois além de tempo
Dinheiro não vem fácil não

Mesmo se eu tivesse um dinheiro,
Uma bufunfa, um trocado, um migué
Não adiantaria
Pois nunca, em nenhum dia
O dinheiro compraria
O amor daquela mulher

Mas que tristeza
Vou chorar com meu benzinho
Vou pedir mais um carinho
Pra acalentar coração
Mas na verdade eu não tenho

Nem benzinho
No passo do mineirinho
Hoje em meu coraçãozinho
Só existe serração

Serração baixa
Sol que racha
Que desgraça
Pra ver Graça
Vou ter que rachar a pé
Saí da praça
Sem cachaça
Fui na raça
E de pirraça
 nem de graça
Consegui um picolé

Querem versos de resistência
Falando de resistência
Mostrando resistência
Juventude e resistência
Mas, porque tá na moda
Porque pra nós que estamos na resistência
Exalando nossa essência
Só sobra à decadência
E eles gritam com violência
Que o Hip Hop é foda

LAURA CONCEIÇÃO

Se eu for pro calçadão
Falar minha arte
O policial me bate
O machista me abate
O cachorro me avança e late
Meu fim será massacrante
Caso contrário, é só coincidência mera
Eu já sei o que me espera
Pois eu conheço a minha terra
Pouca gente me tolera
Pois são intolerantes

No Facebook, o boy paga de covarde
Solicita amizade
Diz que eu sou um show à parte
Que venera a minha arte
Começa a babar meu ovo.
Eu quero ver me comer e não me largar
Dizer que eu sou pra namorar
Quando o ano acabar
Me levar para cear
Com a família no ano novo

Tem gente que nem escuta meu poema
Diz que eu sou um problema
Depois vem julgar meu tema
E pra tirar teima
Me chama de sapatão
Eu acho até engraçado
Não me pega seu mau-olhado

Tenho boa intuição
Se não atura enfia a cara num buraco
Porque isso no seu caso é
Uma boa solução

Dando pitaco: "etc e coisa e tal"
Poesia marginal
Me chamam de marginal
Pois ela eu sei recitar.
Não é marginal, é periférica
Resistência e métrica
Vida assimétrica
Hoje só se ensina sobre
Ferreira Gullar

Então pra me ajudar
Vê se compra uma rifa
Salve poesia de perifa
Um salve pra Cooperifa
E pro poeta Sérgio Vaz
E agora um minuto de silêncio
Pro futuro do milênio
Pra todxs poetas gênixs
Que perderam a sua paz

Preciso resistir e continuar
Não parar de recitar
Pra gente não acabar
Num eterno "aqui jaz"

LAURA CONCEIÇÃO

- PÊLO
- NÓIS É CLITÓRIS
- BASTARDA

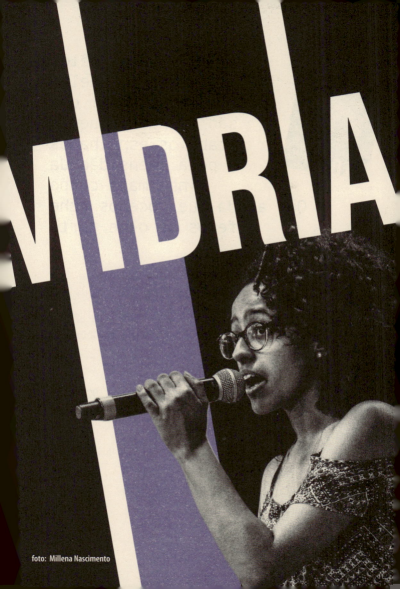

foto: Millena Nascimento

PÊLO

> Pelos pêlos
> faço um apelo,
> Que entendam que
> são apenas pequenos
> cabelos espalhados
> pela imensidão da
> minha mata-corpo
> Que ainda que você os ache
> feios ou olhe torto

Eles ainda vão continuar aqui
Criando raiz na natureza mais pura e cândida do meu ser
Vocês me chamam de PUTA!!!!!!, vocês me chamam de suja...
Vocês não entendem que essa vastidão de minúsculas linhas que
sobrepuja minha pele, é a mais linda expressão daquilo que carrego
E rego
Cultivo
Como pequenas plantas do meu jardim privado e corporal

Meus pelos são marca da humanidade
Se você já teve aula de biologia vai entender que mulher
Ou fêmea adulta da espécie homo sapiens
Na realidade não vem depilada de fábrica
Eu sei...
Eu sei que choca

Todo cérebro-piroca criado na base de filme pornô
nunca vai entender
Que mulher floresce demais pra caber nas molduras de uma
fantasia esdrúxula
Que se você é espada de são jorge, eu sou comigo ninguém pode
E meus pelos são pique ervas-daninhas
Prontinhas pra infestar o seu terreno baldio
de fotossíntese da realidade

SEU CÉREBRO PEQUENO DEMAIS PRA RECONHECER QUE UMA MULHER DE VERDADE

É muita flor pro seu vasinho

O que me deixa murcha
É quando outro jardim ambulante quer jogar veneno no meu
Mulher que chega e me diz que eu devia infestar de praga a minha mata atlântica
Podar minhas flores como se essas fossem as pragas
Quando na verdade o que tá infestada
É a mentalidade social moldada sobre padrões misóginos que vêm
a mulher despetalada, como mero receptáculo de beija-flor alheio
Que não entende que tem espaço pra todas nós flores(c)ermos

Sermos mais do que meras sementes regadas na plantação do sistema patriarcal

MAS EU NÃO
VOCÊ NÃO
NÓS NÃO
JÁ FLORESCEMOS
SOMOS INTEIRAS

E de meias palavras paro por aqui
Depilação é construção social
Não é natural
E eu não vejo a hora de que entendam de forma definitiva e geral
Que meu corpo, minhas regras, minhas flores, meus pêlos, minha escolha

Não é à toa que temos nomes de flor
Somos Rosas, Margaridas, Petúnias, Violetas, Camélias, Capitus e Hortênsias
Florescemos resistência

Parem de associar a natureza que em mim brota
com falta de higiene
Meu florescer perene que exala "odores": eu diria pólens-ferormô-
nios dos quais nenhum jardineiro se importa em provar

Mas podem ficar tranquilos, eu vou passar a gilete sim
Vou depilar a laser sim
Vou arrancar pela raiz o machismo enraizado na forma como vocês
ensinam que meninas desde pequenas devem lidar com seus
corpos-jardins
Atacando nossa subjetividade como se ela coubesse
num padrão restrito
Colocando nosso corpo em toda sua "esplendorosidade" florescida
como um grande inimigo
Querendo que odiemos nossas flores, nosso templo-abrigo

NÃO GUARDO MAIS MINHAS FLORES NA ESTUFA HOJE E SEMPRE ELAS VÃO TOMAR SOL

MIDRIA

Não tenho inveja da maternidade
Nem da lactação
Não tenho inveja da adiposidade
Nem da menstruação
Só tenho inveja da longevidade
Dos orgasmos múltiplos
E dos orgasmos múltiplos

eu sou homem

Eu acho tão bonito quando eu me toco
 E com meu corpo eu gozo
  Poesia
   Mas a masturbação feminina por muito tempo foi e ainda é colocada
    como uma grande
     Heresia
      Si-ri-ri-ca
       Ah!!!! Palavra pro-i-bi-da!!!

    Desde a caça às bruxas
     Nosso autoconhecimento
      E prazer feminino sendo sempre "endemonisados"
       Enquanto meu avô ouvia desde menino

Que o seu mundo era um cêntrico-falocêntrico-falo
Eu falo ao mundo que não!
O meu prazer só depende de mim, irmão
E muitas vezes essa mão
Faz o serviço mais bem feito
Que esse seu órgão afetado
Pelo patriarcado
Que me faz engolir
Goela abaixo
Todo esse machismo enraizado
Nas estruturas de relações de poder e no prazer
Que é de mim constantemente roubado
E das minhas irmãs de genitálias mutiladas é capado

"Tira a mão daí, menina!!!!!!
Não conheça sua própria vagina!
Se torne submissa!
Porque enquanto o meu prazer é tabu
O seu prazer, homem, é o único que parece importar
O meu corpo eu não posso tocar
O meu prazer parece existir apenas pra me martirizar
Mas não pesa na minha com essa tal de culpa cristã
Porque eu não sou Eva, tô mais pra Lilith

E quando eu falo de prazer
Eu tô falando da tão aclamada
Emancipação feminina
Eu tô falando do

Direito primário sobre o meu corpo
Eu tô falando da desnaturalização de muito conceito torto
sobre sexualidade
Sobre lembrar que eu não sou uma boneca inflável e que a indústria
pornográfica é material inflamável
Que consome toda percepção de que eu sou um ser completo
De que não tô aqui só pra deixar seu pau ereto
Então meu papo é reto, filhão
Eu nasci pra ser minha
Não tô aqui pra sua objeti-ejaculação

Mulher, a culpa que tu carrega não é tua
Divide o fardo comigo dessa vez
Que eu quero fazer poesia pelo corpo
E afrontar as leis que o homem criou pra te maldizer!

Quem cê tá pensando que é?

8 MIL TERMINAÇÕES NERVOSAS E VOCÊ REALMENTE ACHA QUE MEU PRAZER DEPENDE DA SUA PIROCA? SE TOCA SE TOCA AMIGA PORQUE

Não tem coisa mais bonita
Nem coisa mais poderosa
Do que uma mulher que brilha
Do que uma mulher que goza

Não tem coisa mais revolucionária do que uma mulher que entende o poder de se amar, de se ter
De abrir as portas de um universo onde o machismo não penetra
Então irmã, se algum dia alguém disser que você precisa
de homem pra estar plena

SE AVEXE NÃO
NÃO ESQUENTA
RELAXA, SENTA
E GOZA
AMIGA, FICA TRANQUILA!!!
SIRIRICA!
PORQUE NÓIS É CLITÓRIS!
E O RESTO?
O RESTO É PICA...

Bastarda!
Filha preta de uma
pátria embranquecida
Bastardas!
Filhas pretas de uma
pátria embranquecida

A pátria que pare, mas não cria
A pátria que chuta, cospe, aninha no colo
E depois joga na labuta
A pátria
Que pátria?
A pátria que tem a ousadia de dizer que hoje mamamos na teta de um suposto governo
Quando na verdade foram as nossas mamas, as que amamentaram
E as nossas ancas as que pariram
Todos esses que hoje sequer nos olham na cara

Até que um dia cê esbarra com ela na rua
E quem disse que a violência sofrida pelas Violetas não é responsabilidade tua?

Não quero mais ser filha dessa pátria
Eu quero mais é que a pátria surte
Eu quero mais é que os orgulhosamente patriotas
Colham os danos do veneno que plantam
Eu quero mais

Eu quero mais do que aquilo que me é destinado na saída de serviço
E isso não é sobre sair na capa da Vogue depois de um caso
escroto de racismo
Isso não é só sobre a cota na universidade
A cota é só o início
Isso é sobre uma perspectiva nova de vida que não faz questão nenhuma
de se inserir nesse sistema estruturalmente falido
Não faço mais questão de ser filha dessa pátria
A filha bastarda que dorme no quarto de empregada, cuida dos quatro
filhos da patroa, "ganha" um prato de comida como se fosse uma dádiva
Aquela que ainda esperam que diga "muito obrigada" depois de ser
chutada, escorraçada, desrespeitada, invadida

Eu tô falando, eu tô falando e quero que vocês escutem sobre
o que é nossa dor!
Nossa dor é dívida histórica, pique epigenética, que já faz mulheres pretas
propensas a tanta bosta, que não cabe numa lista
Mas listo, que é sobre aquilo que não é visto e dito
Sobre os estupros na colonização
A progressiva
A Globeleza
A Anitta
A solidão
A Nega Maluca
As paquitas
A escola falida
A poesia branca e masculina que eu lia na aula de literatura
O "ME ATURA OU SURTA" que o capitalismo berra na minha cara todos os dias

MIDRIA

O corpo invadido, o eu invadido, o destino invadido
Antes preta, depois mulher
Antes mulher, depois preta
É treta? Treta! Treta.

EU TROCO TUDO ISSO, EU TROCO EU QUERO OUTRO DESTINO EU QUERO A ENEDINA, A VIVIANE, A MARIA BEATRIZ, A SONIA, A SIMONE, A LUIZA, A KATEMARI E TODAS QUE DESAFIAM O CAMINHO PRESCRITO

Todas as putas de luta que não se submeteram à essa pátria que nos embute a ilusão de que podemos ser filhas modelos
Quando na verdade, seremos sempre ovelhas negras, fadadas ao desespero de nunca corresponder às expectativas
Vocês nos devem anos de terapia, enquanto não houver reparação histórica
Mando a conta da minha psicóloga pra vocês

Por isso eu peço, encarecidamente excelentíssima mãe pátria odiada
Pegue seus filhos, esses que eu pari, pegue suas riquezas, que com o meu suor você construiu
E devolva tudo à puta (eu!) que te pariu

Porque eu não vou estar bem, enquanto todo mundo não estiver bem
Coração de mãe preta é maior do que a ganância alheia
E a gente sabe
Que tem tanta mulher preta no mundo comandando tudo melhor que todo esse planalto junto

Chama nas mãos femininas tocando o tambor pra rei Xangô
Eu quero mais, é justiça, justiça
Chama na Tia Cida do samba de São Mateus, chama na Tereza de Benguela, nas Mães de Maio, em todas as líderes de ocupação nas favelas
Eu prefiro ser filha dessas do que dessa pátria mórbida
Se a sina de ser sua filha é não ter vida

Essa é uma poesia sobre ser filha bastarda e sobre um governo que me quer morta
Seja na ponta de um fuzil apontado em minha cara
Seja no apagar da minha existência e de toda aquela que não caiba nos moldes de uma vida delimitada

- "PENSE GRANDE"
- EXPOSTA
- INTUIÇÃO

MEL DUARTE

foto: Renata Armelin

"PENSE GRANDE"

Hey, você!
Já parou pra
pensar qual a sua
contribuição nessa
sociedade?
O que faz pelas
pessoas que vivem ao
seu redor, pela sua cidade?
Qual a sua habilidade?

Tenho certeza que dentro de você pulsa alguma vontade
Um querer em fazer diferente, ir além da margem...
Há tempos já deram a letra, há três tipos de gente:
  As que imaginam o que acontece
  As que não sabem o que acontece
  E as que fazem acontecer.

  Você pode escrever pra sua história um melhor roteiro,
  Recolher ideias do seu pensamento canteiro
  Acreditar no seu potencial é um começo
  Foque num ideal pra não ter retrocesso.
   Quer saber do futuro? Mas o que tem feito no presente?
    Querer mudar o mundo, tem que começar primeiro na gente.
    Então vai, se movimenta
      Obstáculos são postos em nossa vida
      para que a gente os vença!
      Sagacidade é saber lapidar o que tem na mão,
      é uma questão de essência!

E no quesito sobrevivência: Gueto, favela, periferia sempre teve o maior grau de competência!

Peraí! Tá ouvindo esse som?
Se liga! É o beat do seu coração, essa batida orgânica que te dá a direção
Então confie nela, acredite no seu dom!
Uma vez me disseram que a comodidade é a degradação do homem.
Logo, ficar parado não fará com que o jogo vire, nem matará sua fome
E não é preciso planejar algo grandioso pra fazer a diferença
Acredite, a sua pequena parte é mais importante do que você pensa.

E pras minas, manas, monas que vivem a se auto- sabotar
Que acreditam ser impossível sua história protagonizar
E digo isso por experiência própria
Sempre há pelo que lutar!

Busque a sua fonte de resistência,
Use sua criatividade, estabeleça metas, prioridades
Saia da zona de conforto e vá pra zona de confronto
Perceba: Você é a única responsável por sua felicidade!
Não deposite no outro sua projeção de liberdade
Sei que é difícil ter coragem, mas você dá conta
Entenda, mulher já nasce pronta!
E quando menos perceber
Terão outras inspiradas em você.

PENSE GRANDE!

EXPOSTA

Foi dessa carne negra
que sangrou gota a gota
A falta da sua
companhia.
Contei os dias
da sua ida

Marcando na pele
Rasgando a epiderme,
Deixando uma ferida
Aberta, exposta, em alto relevo eu me via.

Foi dessa carne negra que saiu a tua comida
Teu manto, teu lar?
Tudo que lhe cabia.
Ironia! Culpa dos astros que nossos abraços não são mais
compassos em harmonia?
Tantos giros dei, tantas idas e vindas
pra acabar só, nesse mar de melancolia?

NÃO MEU BEM, ESSA MULHER JAZIA.

É dessa carne negra, que hoje pulsa um sangue novo
É essa carne que agora expulsa o teu gosto
Encosto! De tantas que demos nunca cheguei ao gozo.
Curioso, te encontrar assim na rua, solto...
Olha de cima a baixo,
Pasmo!
Como se visse um fantasma
A pele escura, pálida
A face-falida
Tapa na cara de quem sempre desfila com o rei na barriga.
Eu sei, te instiga
Como ela? Quando ela?
Sempre foi assim tão linda?
Você olhava para a janela enquanto aqui dentro, existia uma vida.

Me perseguia dizendo fazer minha segurança,
Desculpa fraca para controlar minhas andanças.
Eu não preciso da tua proteção e muito menos da tua guarda
Já são 29 anos nessa e sempre andei muito bem acompanhada!

É COMO DIZ O DITADO: ANTES SOL DO QUE MAL ILUMINADA

DEIXA, QUE EU MESMA GUIO A LUZ DA MINHA CAMINHADA.

INTUIÇÃO

Oi Moça, a gente pode
conversar? Eu não quero
atrapalhar só peço alguns
instantes de pausa no
meio da sua rotina
Eu sei da sua correria
é a vida, a família, a
casa, a cria, a comida e ainda
nem deu meio dia.

Sabia, que daqui eu ouço seus pensamentos em guerra?
É eu também batalho comigo mesma todos os dias
e até hoje não sei dizer como fica esse placar.

Quero te fazer uma pergunta:
Quantas vezes você realmente se escuta?
E quantas dessas obedece o seu pensar?

Quando a noite cai
E a mente trabalha em silêncio
Meu corpo por vezes me diz: Vai!
Mas reflito sobre tudo que penso
Nem sempre o impulso é seguro
Nem sempre traz acalento.
E Por vezes peço: Pai!
Livrai-me do que não sustento.

Eu já pensei e repensei sem me escutar
Eu já pensei e dispensei após refletir,
Eu já ignorei sinais que vieram pra me livrar
Eu demorei pra aprender a me ouvir.

Você sabia que existe uma força que vibra dentro de todas nós?
Uma herança das nossas ancestrais que nos impulsiona,
Só é preciso estar atenta aos sinais...

Sei que existe um abismo entre a sua razão e emoção,
E não nos ensinaram muito bem como trabalhar isso
Afinal, há milênios querem domesticar os nossos instintos.

E por isso eu insisto, em te perguntar:
Quantas vezes você realmente se escuta?
E quantas dessas obedece o seu pensar?

As responsabilidades de uma mulher moderna
Impedem que ela tenha tempo de se questionar,
E enquanto cuidamos de tudo ao nosso redor
Esquecemos simplesmente de nos cuidar.
Quando compreendi o que dentro de mim pulsava
Entendi que eu sou a guia da minha própria jornada,
E fui perceber o quanto antes me flagelava buscando minha autodestruição
Pelo simples fato de não seguir a minha intuição

INTUIÇÃO:
SUBSTANTIVO FEMININO, ATO DE PERCEBER, DISCERNIR OU PRESSENTIR COISAS, INDEPENDENTEMENTE DE RACIOCÍNIO.

É resgatar sensações que foram extintas
Entender que tudo é uma questão de sintonia,
Ser sensível em meio ao caos
É andar na contra mão.

Não se culpe por nem sempre conseguir,
Ninguém disse que seria fácil existir!
Apenas não crie barreiras em torno de si mesma,
Busque sua força interna para reagir!

Eu escrevo pra expurgar os medos,
A solidão em meio a tantos enredos
Despertar o que me habita,
Desvendar meus próprios segredos.

Eu pedia desculpa toda vez depois de falar
Como se fosse um defeito de nascença querer me colocar,
Ambientes tão hostis nos tornam prisioneiras de nossas próprias ideias
Mas revoluções sempre foram feitas a partir de distintos ideais.

Seja seu próprio néctar,
Explore esse multiverso mulher!
Rejeite o que te afeta
Respeite seu tempo, perceba esse florescer!

E não se preocupe quando precisar desaguar,
É normal transbordar
Entenda que nós mulheres, temos pacto com o mar
E que as lágrimas são a hemodiálise da alma

Escute essa voz interna que tenta se expressar
Não negue suas intuições, confie nelas!
De bruxas e sábias todas temos um pouco
O quanto disso você consegue resgatar?

A minha intenção hoje aqui
É te fazer refletir, olhar pra dentro de si
Atenta no presente, no que seu corpo sente
E como ele tenta se comunicar
Para que agora você realmente se escute e
obedeça o seu pensar!

- MARIELLE FRANCO
- ME PEDIRAM PRA SER MULHER
- "PRÓ VIDA" OU "PRÓ NASCIMENTO"?

PACHA ANA

rodutora Indriya

MARIELLE FRANCO

Hoje eu recebi uma
notícia tão comum
mas que dói tanto
Mais uma mulher preta
assassinada
Mais uma família aos
prantos

Quando a gente vai parar e olhar pros corpos das nossas
sem sentir essas dores?
Quando nosso destino deixará de ser flores...
em funerais?
Quantas de nós mais?

O mundo não para pra gente chorar nossa dor,
Não para nós, as que somos de cor
O mundo não nos trata com amor

Os níveis de violência são desiguais entre as preta e as demais
Vejo a maioria protestando só pelos próprios ideais
Infelizmente não somos imortais
E todo dia mais uma de nós se vai

EU ME PERGUNTO: ATÉ QUANDO?

Fora dos cargos nos querem,
nos preterem,
nos diferem,
nos ferem!!!
E por fim nos matam
Há muito tempo que nos caçam!!!

Nossos corpos eles abatem
A nossa carne nem vou chamar
de mais barata do mercado,
pra eles, ela nem tem valor
E eu ponho na conta de quem essa dor?

Seja pelo Estado,
pelo marido,
pelo irmão ou cunhado,
tudo é obra do patriarcado,
essas mortes nunca saem fiado,
isso tem dedo de alguém!!!!!

ENQUANTO UMA DE NÓS NÃO FOR LIVRE, SOMOS TODAS REFÉNS! MARIELLE PRESENTE!

PACHA ANA

Me pediram pra ser mulher
Mas não qualquer mulher
Tinha que ser
um tipo específico
Aí mora o problema, não
sei vou ou se fico

Me pediram pra ser feminina
Mas sem ter muita auto estima
Sem falar alto, andar de salto
Não ser imperativa,
 Hiperativa,
  Possessiva,
   Reativa,
    Decisiva,
     Incisiva
      Me queriam submissa!

  Me pediram pra sorrir, mas não pra ser engraçada
   Não usar roupa decotada
    Não mentir
    Não fugir
     Me pediram pra não reagir
      Só aceitar, acenar e sorrir

Me pediram pra não ser muito segura
Não ser dura
Não andar sozinha na rua
Me pediram pra ser doce
Fazer pose
Não dar close

Me pediram pra não usar tom autoritário
Me subestimaram desde o primário
Me impediram de ganhar o mesmo salário
Me negaram direito humanitário

Mas pera aí:
Não me pediram nada
Me impuseram
Mandaram
Ordenaram
Gritaram
Ameaçaram

Loucura e obsessão
Não basta ser mulher, tem que tá dentro do padrão

Cresci achando que me pediam coisas,
mas me impediam de fazer coisas
Conheço o cheiro do enfrentamento desde cedo, é peculiar, familiar
Ta aí! Familiar!
Enraizado, hereditário, hierárquico:
Meu avô passou seus comportamentos machistas pro meu pai, e meu pai passou pro meu irmão.
Já minha avó, passou todo seu enfrentamento e empoderamento a minha mãe e essa passou pra mim, e vai seguir uma geração

Mas o que falam sempre é sobre minhas irresponsabilidades, inabilidades, incapacidades,
É o prefixo "in" sempre grudado nas minhas qualidades
Histérica é a base dos adjetivos que me dão, os donos da verdade

ME PEDIRAM PRA SER MULHER MAS O QUE É SER MULHER QUE VOCÊS TANTO FALAM?
EU NÃO SEI O QUE É SER MULHER ATÉ HOJE!

Não sei se é sobre ser insuficiente, ou se é sobre ser incompreendida
Não sei se sou uma farsa
Uma piada sem graça da vida
Se tenho preço ou sou de graça
SE SOU DEUSA
OU SE SOU DOR
SE SOU AUSÊNCIA OU
PRESENÇA DE AMOR

O que sei é que titubear não está no script
Na vida não sou apenas telespectadora
Muito menos incubadora
Não sou menos
Sou mais
Sou um ponto adverso num mundo administrado por homens
E pasmem
Eu não queria carregar esse "nome", sem mais
Queria ser tudo que uma mulher pode ser
Apenas com direitos iguais!

"PRÓ VIDA" OU "PRÓ NASCIMENTO"?

Ô mãe
abençoa minhas irmãs que
tão na luta
no corre e na labuta,
sem falha na escuta,
trampando todos os dias
pra alimentar o seu guri
e abençoa também as irmãs que
hoje nem estão mais aqui.

Fala pra mim:
Cêis são "pró vida" ou são só "pró nascimento"?
É contra o aborto, mas e as crianças no relento?
As leis da tua igreja falham a todo momento
E deve ser por isso que eu nunca vejo em prática
o tal dos 10 mandamentos.

O Estado, que ainda tem direito sobre o seu corpo diz:
Se ela abortar, é crime, mas os pais estão sempre soltos.
Nem tem Ave Maria pra salvar a vida dela, já que toda hora e todo
dia morre preta na favela.

Quem tem dinheiro faz, volta pra casa sem sequela
Mas a mãe que é pobre e favelada só toma chá de canela
Só o que pode fazer é pro Santo ascender uma vela,
Já estamos na nova era, mas aqui nada de novo, quem nos dera.

Patriarcado que não tem mais onde pôr suas leis,
quer cuidar do meu útero!
Pra mim que o ventre é de vocês.
Enquanto cêis proíbe, as mina morre por aí
Tira o corpo da reta e o b.o não quer assumir.

MAS O CORRE É MIL GRAU, QUERIA VER CÊIS PASSAR MAL, CARREGAR POR 9 MESES, VÁRIOS MEDOS E INCERTEZAS IMPOSSÍVEL IMAGINAR, SEM PROPRIEDADE PRA FALAR, NO MEU CORPO NÃO VAI MANDAR, EU QUE DECIDO O CAMINHAR, TU PENSA ANTES DE OPINAR.

Só prova pro povo o seu desinteresse
Não melhora o sistema e a gente que paga o preço
Eles evitam contatos, cortam gastos, descaso e acaso
Ainda vem dizer que é um sistema relapso.

Mulheres no Brasil, sobretudo as mais humildes,
todos os dias empurradas a abortos clandestinos
E os pais dessas crianças têm nomes e endereços desconhecidos
Isso são mil sequelas recorrentes desse horrível destino.

Ô MÃE
ABENÇOA MINHAS IRMÃS QUE
TÃO NA LUTA
NO CORRE E NA LABUTA,
SEM FALHA NA ESCUTA,
TRAMPANDO TODOS OS DIAS PRA
ALIMENTAR O SEU GURI
E ABENÇOA TAMBÉM AS IRMÃS
QUE HOJE NEM ESTÃO MAIS AQUI.
MEU CORPO, EU DECIDO E VOCÊS
CALAM!

BIOGR

Meimei Bastos nasceu em 1991, em Ceilândia, Distrito Federal. É escritora, poeta, atriz e arte-educadora formada em Artes Cênicas pela Universidade de Brasília. Premiada pela Secretaria de Estado e Cultura do Distrito Federal com o prêmio de Cultura e Cidadania. Em 2017, publicou seu primeiro livro, Um verso e mei, pela Editora Malê. Atualmente, coordena o Slam Q'brada.

MEIMEI BASTOS

AFIAS

Tawane Silva Theodoro nasceu em novembro de 1998, é moradora do bairro do Capão Redondo (zona sul de SP), e entrou no mundo da poesia em agosto de 2016, ao entender as opressões sofridas por ser mulher, negra e periférica, sentiu a necessidade de externar seus sentimentos e luta na poesia.

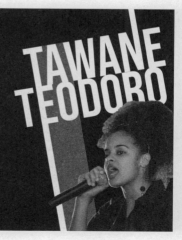

TAWANE TEODORO

MONIQUE MARTINS

Atriz, arte-educadora, contadora de histórias e poeta. Se formou em artes cênicas na FPA, mas foi na poesia que sempre encontrou escape e sentido. Escreve desde os 17 anos, mas desde 2015, descobriu o Poetry Slam, um novo prazer provocativo em sua escrita, que se tornou mais marginal, empoderada e livre. É slammaster do Slam do Prego – Poesia de resistência de Guarulhos.

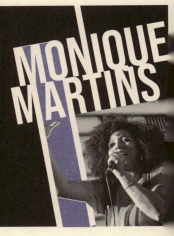

MARIANA FELIX

Escritora, slammer, militante feminista e apresentadora. Tem dois livros publicados: "Mania" (2016) e "Vício" (2017) ambos com poesias, crônicas e dissertações sobre o empoderamento feminino, a relação da autora com a cidade e o amor. Apresentou o programa "Além da Poesia" transmitido pela TVT.

É poeta Slammer no Slam das Minas PE, autora do livro "Contos Curtos de Terror para Mulheres" atriz formada pela Escola Livre de teatro, Mc, historiadora e produtora. Atua na Aqualtune produções, uma produtora independente formada por mulheres negras que visa enaltecer os trabalhos das cenas do Hip-Hop e brega-funk de Recife.

nthya Santos, vulgo Kimani reside no bairro o Grajaú, Zona sul de Sampa, e desde março de 2017 milita na cena do Slam. Vencedora do SLAM SP 2017 e vice-campeã do SLAM BR.
Transita no meio artístico cantando e compondo músicas, declamando poesias e tentando fazer a diferença nestes tempos difíceis.

LAURA CONCEIÇÃO

Laura Conceição é jornalista MC e poeta, nascida e criada em juiz de fora (MG) ela busca retratar em suas poesias assuntos que vive em seu cotidiano.

MEL DUARTE

Tem 30 anos é paulistana e teve seu primeiro encontro com a poesia aos 8 anos. É escritora, poeta, slammer, produtora cultural e integrante da coletiva Slam das Minas – SP. Autora dos livros "Fragmentos Dispersos" (2013) e "Negra Nua Crua" (2016). Destaque da FLIP 2016 e campeã do Rio Poetry Slam, em 2017 se apresentou em Luanda, Angola e em 2018 lançou em Madrid (ES) seu livro traduzido para o espanhol "Negra Cruda Desnuda" (Ediciones Ambulantes)

MIDRIA

Estudante de Ciências Sociais, poeta, slammer, slammaster do Slam USPerifa e membra do Coletivo Sarau do Vale. É da zona leste de SP, do bairro Recanto Verde Sol. É atuante na cena de slams de São Paulo desde 2018, Participou do programa "Manos & Minas" e com sua poesia "A menina que nasceu sem cor" alcançou mais de 7 milhões de pessoas. Se reconhece enquanto mulher negra, periférica, LGBTQ, que além de atuar com cultura, se envolve em projetos variados na educação.

PACHA ANA

É mc, cantora, compositora e poetisa matogrossense, nascida em Rondonópolis e atualmente reside na capital Cuiabá. Representando o Slam do Capim Xeroso foi semifinalista do Slam BR 2017 e finalista em 2018. Pacha faz um trabalho social com o Hip Hop e a poesia marginal ensinando essa arte para crianças e jovens. Em 2018 lançou seu primeiro disco: Omo Oyá, que relatam suas vivências enquanto mulher preta

- "PRÓ VIDA" OU "PRÓ NASCIMENTO"?
- INTUIÇÃO
- O PATRÃO NOSSO DE CADA DIA
- DESABROCHAR
- TÔ PELA LUANA, PELAS MANAS, PELAS XANAS, XOTAS "DIREITO"
- CADÊ? (PARA AS MÃES DA ZL)
- EU QUERIA FALAR ALÉM DO FEMINISMO
- EXPOS
- SOMOS MULHERES...
- BASTA
- ME PEDIRAM PRA SER MULHER
- DIZ
- O AMOR NOS TEMPOS DA CÓLICA
- DO AUTO AMOR, OU SIRIRICA
- SOLITÁRIO
- NA SOLITÁRIA (RAFAEL BRAGA)
- PAIXÃ
- VAMPIRISMO
- RAÍZES
- "LOUCA"
- LOSE
- AIRAM
- PODER DAS MINAS
- EU NÃO QUERIA SER FEMINISTA
- "PENSE GRA
- DEIXA EU DIZER O QUE PENSO DESS
- VIDA
- "RECEITA"
- AMAR NÃO É PREN
- PÊLO
- NÓIS É CLITÓRIS
- MARIELLE FRANCO
- POEMA DIDATICUZINHU